# Hiram Lozada Pérez

# Morir Otra Vez
Novela inspirada en hechos reales

Editorial Veritas

# Morir otra vez

*©2020 por Hiram Lozada Pérez*

No se permite la reproducción total o parcial de este libro ni su incorporación a un sistema informático, ni su transmisión en cualquier forma o por cualquier medio, sea éste electrónico, mecánico, por fotocopia, por grabación y otros métodos, sin autorización previa y por escrito de los dueños de los derechos de autor o sus herederos.

ISBN: 9798557258470 • Impreso en EE.UU.

Foto del autor: *Víctor R. Birriel Claudio*
Ilustraciones: *Juan Álvarez O'Neill*

❧ Editorial Veritas ☙
51 Calle Ruiz Belvis
San Juan, PR 00917
veritas@diplo.org

A ...

Catalina Claudio Pérez
    José Joaquín Birriel Escuté
        Hiram Lozada Matos
            Petra Pérez de Lozada

                ... Desde acá

# Capítulos

1. La maldición .............................. 1
2. De nuestra mala suerte .............. 7
3. Un cuento de amor .................... 13
4. Guerra en los cielos .................. 21
5. Uno nace como nace ................. 29
6. Kennedy .................................... 35
7. Luisito se fue a la guerra ........... 39
8. Volar como un pajarito ............. 43
9. Aquí no llega la guerra .............. 53
10. Una caja de metal .................... 57
11. Como lo cuenta Ángel Luis ..... 61
12. En Vietnam, cada noche ......... 69
13. Cincuenta años después .......... 81

*"Por el cielo va la luna
con un niño de la mano"*

–Federico García Lorca

## 1. La maldición

Nuestra casa estaba en la bajada de una suave cuesta a tres cuadras de la plaza del pueblo. Entonces, hace medio siglo, todo giraba en torno a mi casa, como si fuera el centro de un sistema solar doméstico.

Era una casa pequeña, pero entonces no lo sabía. Era inmensa para mí. El techo de planchas de zinc, de dos aguas, se protegía del calor bajo las ramas de un árbol de nísperos. Fue construida con vigas viejas, empates desechados, y de lo que quedó en pie de la casa anterior; la que destruyó los vientos corpulentos del huracán san Ciprián.

Todos vivíamos allí. Éramos diez: papá y mamá así les decíamos a los abuelos , dos tíos, una tía, tres primos, mi hermano Luis y yo. Otros tres tíos vivían casados en sus propias casas, lo que era por si solo un signo de crecimiento económico. Mi padre, de nombre Joaquín, no residía todo el tiempo con nosotros. Iba y venía por temporadas. Es que a veces se quedaba en la casa de una amiga. Lo mismo pasaba con mi otro papá, el que me crio, el esposo de la tía que murió jovencita. Ambos se desplazaban de acuerdo a sus relaciones breves con nuevas parejas.

Mi madre de crianza había muerto de leucemia, una enfermedad que daña la sangre, que entonces era fatal. Se llamaba Valeria. Su foto desteñida colgaba en la pared de la sala. A mí me daba algo de miedo. Es que yo era muy pequeño cuando murió y no la conocí bien. Donde quiera que estuvieras, te miraba con sus ojos desamparados, que se destacaban en el marco frio de su rostro pálido, como de fantasma, entre los rizos negros de su larga cabellera. Ese retrato se perdió después de una de las crecidas del río. Solo queda el recuerdo de la mirada.

Mi padre era conocido en todo el pueblo porque fue un héroe de guerra. Le apodaban, sin su permiso, «Joaco el cojo». En la guerra de Corea, en 1952, recibió un disparo peregrino en la rodilla. Tuvo suerte, dijeron. Regresó con una pierna más corta que la otra y una pensión piadosa de veterano herido en combate. Tenía, por eso, el privilegio de entrar en Fort Brooks y en Fort Buchanan y acceso a las tiendas militares, donde todo, en particular los licores, se compra libre de impuestos. Era seguidor de las películas de guerra y acudía a las reuniones mensuales de la Legión de Veteranos. Sin embargo, nunca nos contó de sus propias experiencias bélicas ni del episodio de su herida de guerra. No hablaba ni siquiera de la razón de su mutismo. No obstante, manifestaba con orgullo que adquirió disciplina y sentido del orden en el ejército. Lo demostraba todas las mañanas en la forma perfecta que vestía la cama, planchaba las camisas y lustraba sus zapatos especiales. Para entretenerse, se dedicaba a reparar radios y televisores de tubos. Compró el primer aparato de tv que tuvimos. Era un mueble pesado con una pantalla gris y pequeña. Lo veíamos todas las noches y cuando terminaba el último programa de noticias, narradas solemnemente por Evelio Otero, o una película americana doblada al español y tocaban los himnos nacionales, marcaba la hora cierta de irnos a dormir.

Aquel televisor descubría las imágenes en blanco y negro de lo que pasaba en el mundo entero. Supe allí que había una guerra en Vietnam, un país lejano y extraño.

Es una guerra entre niños, dijo una vez papá.

Entre niños pobres, agregó mamá.

Mi abuela tenía raíces de fortaleza. Solo la vi llorar tres veces en su larga vida. La primera vez, cuando falleció Valeria. Era firme como una piedra maciza de río. Su piel tenía la suavidad del terciopelo negro. Leía sin espejuelos los periódicos El Mundo y El Imparcial y escuchaba devotamente las noticias tempranas en la radio, atenta a todo lo que decía y hacía el gobernador Luis Muñoz Marín y a las revueltas nacionalistas. Del líder de esas asonadas, don Pedro Albizu Campos, dijo que su vasta inteligencia lo volvió loco. Muchos años después, cuando supo de mis actividades antimilitaristas y patrióticas en la universidad, concluyó que me había vuelto también loco de remate.

Mi abuelo, de tez clara como la pulpa tibia de las guanábanas, era tierno y cariñoso. Poseía el don equívoco de ver a los muertos. Leía, noche tras noche, el libro iluminado de Allan Kardec. Había abandonado la escuela en el cuarto grado porque no pudo resolverse en el idioma inglés. Era amable y hospitalario y acostumbraba, pese a las miradas severas de la abuela, a dar de comer a los pordioseros conocidos del pueblo y a todos los gatos desamparados. No faltaba a los entierros. Para esas ocasiones vestía de domingo: un traje de paño gris, un sombrero de fieltro, tipo fedora como el que usaba Humphrey Bogart y el paraguas negro. Tenía gatos propios, un perro de pelambre amarillo, varias gallinas y un gallo pinto. Los animales dormían bajo el piso de madera de la casa, en el espacio oscuro y angosto entre los bloques de cemento y las columnas de tronco que sostenían la vivienda sobre una tierra virgen habitada de líquenes y lombrices subterráneas.

Dentro del hogar, todo estaba apretado y juntito. Todo era todo: un sofá desfondado, un sillón gimiente de mimbre, cinco catres y una cama de rancia alcurnia con pilares torneados, más el televisor de tonos grises, la radio afónica, una mesa chueca de cuatro sillas rotas, una estufita de gas, la nevera que todo lo congelaba y muchos baúles llenos de ropas estrujadas. Nada más hacía falta, ni nada más cabía. Bueno, hubiera sido bueno tener un teléfono, como en la casa del frente, que pertenecía a un vendedor de tabaco.

Sí, éramos muy pobres. Entonces la pobreza parecía el estado natural de las cosas, como si fuera una mansa y taciturna maldición. Por eso mi abuela vivía en guerra constante contra Dios, aunque, sin decirlo, no descartaba los golpes de la fortuna, ni la posibilidad de los milagros.

## 2. De nuestra mala suerte

Mi abuela decía que éramos pobres desde el azote del huracán en 1932. Su padre, don Valentín Escuté, quien fue ingeniero sin licencia de la central Victoria, murió ese día de tormenta bajo los escombros de la casa grande. Lo golpeó en la cabeza una robusta viga de ausubo. Don Valentín tenía entonces un buen sueldo: diez dólares semanales. Su casa era grandiosa, como la de los ricos del pueblo, me contó papá. Tenía un balcón de hormigón con balaustres, amplio y fresco, rodeado de flores de hibisco, rojas y amarillas, con una escalera de cinco peldaños de solido concreto. Sus soportes interiores eran de robustas pilastras y traviesas de dura madera. Sus ventanas de dos hojas tenían finas coronas pintadas en el vidrio de sus cotas de luz y bisagras de hierro. Parecía inmune a las desgracias. Pero no aguantó los vientos airados del huracán. Fueron también vientos de mala suerte, según mamá.

Mis abuelos no tuvieron suficiente dinero para rehacer la casa original del patriarca. Construyeron, con la ayuda de los vecinos, una menos grande al fondo del patio. Eso la hizo diferente. Todas las casas tenían corrales traseros. La nuestra, una platea grande al frente, donde circulaban durante el día los animales del abuelo, comíamos al aire libre y recibíamos a los amigos que venían a jugar dominó y a comentar los juegos de las grandes ligas o de los equipos de la doble A. Eran los tiempos primeros de Roberto Clemente y Orlando Cepeda y los últimos de Rubén Gómez.

Mamá repetía que éramos pobres por culpa de la mala suerte. Cuando cesó operaciones la central azucarera, mi abuelo tuvo que irse a trabajar a los muelles del viejo San Juan. Fue estibador. Cargaba y descargaba las cajas de mercancías de los barcos. No era un trabajo fijo, dependía de que lo llamaran sus amigos del sindicato y de que llegaran los buques mercantes. Por eso pagaban poco, pero poco era mejor que nada. Con su salario, la abuela compraba arroz, granos, manteca y latas de salchichas y de sardinas. Hubo después algunos atisbos de buena suerte. La tía Pilar encontró empleo de vendedora en una tienda de ropas de mujer en Río Piedras. Y el tío Felito consiguió ocupación en la fábrica de bobinas, que estaba en las afueras del pueblo. A veces el gobierno americano nos regalaba latas de queso, jamón y leche en polvo. Claro que la vida no era color de rosa. Era de múltiples colores.

La abuela contaba con firmes pruebas de su mala suerte. Las evidencias principales eran dos. Nunca se ganó el premio mayor de la lotería, ni supo escoger de una vez todos los caballos ganadores de las carreras. Era innegable el hecho de que se burlaba de ella la buena suerte.

Siempre supe que era una abuela distinta a las demás. Era de pocas palabras porque tenía la intima convicción de que no era necesario decir lo evidente. En cada una de sus expresiones se colaba una maldición o un «carajo» rotundo. No tenía dudas de que la maldad y el egoísmo imperaban en el mundo olvidado por Dios y que la justicia era un lujo negado a los pobres. Desconfiaba de todo y de todos. Dios era su enemigo declarado. Afirmaba que a las personas buenas se les coge de tontos. Durante cinco años mantuvo un pleito judicial contra un vecino. Alegaba que le usurpó terreno en sus colindancias. El resultado adverso del litigio, que fue el claro producto de chanchullos ocultos, la convenció de que todos los abogados son ladrones. Años después intentó desalentar mi aspiración.

Así que quieres meterte a esa profesión de pillos, dijo con toda la dureza de sus ojos negros y pequeños. Me recomendó mejor el oficio honesto de barbero.

Sus ideas religiosas eran curiosas. No era atea, ni devota creyente. En escazas ocasiones visitaba la iglesia.

Para qué, decía, Dios no está ahí, ni en ninguna parte.

Conocía muy bien de las perversidades de los curas católicos y de las marrullerías de los pastores protestantes. Muchas veces la escuché cagarse en Dios. Yo pensaba que, por eso y otras imprecaciones, Dios estuvo ausente de casa y que solo nos visitaban, de vez en vez, sus ángeles malditos para traer la mala suerte. La única indicación religiosa en la morada era una estampa clásica de la imagen de Cristo. Allí Jesús, de suave y claro rostro perfilado, mostraba en el pecho abierto su corazón purpúreo y palpitante. La afligida imagen enmarcada guindaba en una pared como simple pieza decorativa. Nadie se postraba ante ella.

Tres cosas ocurrieron que reafirmaron sus opiniones fatales. Su hija mayor murió, yo tuve un accidente terrible y a mi hermano el ejército se lo llevó para Vietnam.

Su mejor recuerdo era la boda de Valeria.

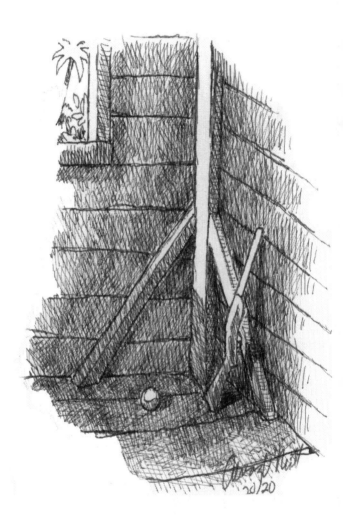

## 3. Un cuento de amor

Rodrigo y Valeria se casaron en los últimos días de la guerra mundial. Rodrigo era el cantante de una orquesta de salón, de esas con músicos etiquetados. Amenizaban los bailes en los hoteles de lujo con variadas canciones respetables: danzas puertorriqueñas, boleros tropicales, plenas ponceñas, merengues dominicanos, valses de Viena, corridos mexicanos y pasodobles españoles, en particular aquél que decía que «doce cascabeles lleva mi caballo». Eran orquestas de muchos músicos con trompetas, violines, timbales, un bajo, maracas, piano y dos cantantes. Pese a sus vestidos de gala, se le exigía a los llamados músicos «de color» que entraran a los hoteles por sus cocinas.

Rodrigo, además de cantar, tocaba, durante los boleros, las maracas y en los pasodobles una pandereta noble con sonajeras en sus bordes.

La noche maravillosa que se conocieron, Valeria tenía puesto su mejor traje de hilo y encajes blancos. Rodrigo cantaba esa noche en el «club de leones» con la orquesta «Borincana». Era su primera visita a nuestro pueblo. Estaba en la tarima cuando la vio entrar a la sala de baile.

Dios mío, se dijo, ¿quién es esa niña tan hermosa?

Vestía como un señorito de sociedad: esmoquin negro, camisa blanca almidonada de botones de terciopelo y lazo de pajarita rojo. Cantaba en ese preciso momento un bolero de Pedro Flores. El salón atiborrado de gente resplandecía de luces y adornos de guirnaldas y cintas de colores rojo, blanco y azul. Fue un instante mágico. De esos que definen la vida entera. Ella lo captó también desde lejos.

Dios mío, se dijo, ¿quién es ese encanto de hombre?

Era un muchacho de diecinueve años, con un peinado a lo «Carlos Gardel», fijado y brilloso, y un bigote recién nacido que enmarcaba la bienvenida de sus labios. Ella, de dieciocho años, se parecía a una actriz mexicana, con su cabellera larga y ondulada de rizos perfectos y dos pollinas de capullos de rosas, pómulos erguidos y labios de promesas. Estuvieron toda la noche mirándose sin pestañear. Él modulaba solamente para ella. Sus miradas unidas podían tocarse en el aire, como cables eléctricos de alta tensión. Las amigas, divertidas y asombradas, se dieron cuenta. Se reían y se decían cosas en los oídos. Valeria les pidió, divertida y nerviosa, que se comportaran. Su rostro resplandecía con el arrebol de las mañanitas de sol. Es que para eso eran las fiestas de salón: para mirarse y gustarse las parejas.

Valeria, para complacerlo desde el inicio, rechazó a todos los mozos que le pedían bailar. Cuando tuvo la primera oportunidad, en la pausa de la música, el cantante bajó de la tarima, caminó sin detenerse, acompañado por todas las miradas en el recinto, hasta la mesa de Valeria y le dijo:

Hola. Me llamo Rodrigo y solo he cantado para ti.

Lo sé, dijo ella.

Bailaron un bolero de juramentos y luego estuvieron juntitos, en un rincón del salón, hasta que mamá la fue a buscar a las doce de la medianoche. No la regañó por quedarse después de la hora fijada. Cuando la señora madre vio la causa de la desobediencia, se aplacó su enojo. Rodrigo era tan bello que le recordó a su actor de cine favorito, Rodolfo Valentino. Los novios de madrugada se despidieron sin besarse, pero se prometieron verse el resto de sus vidas.

Fue un amor como en los cuentos de amor, que no termina con el desamor sino con la muerte.

El noviazgo fue interrumpido por la guerra. Rodrigo tuvo que irse a Hawái para pelear contra los japoneses. Desde el océano Pacífico le propuso, en una carta de puntillosa caligrafía, matrimonio. Acordaron casarse cuando él tuviera pase en diciembre de 1945. Mamá, Pilar y las amigas se encargaron de organizar la boda y casi todos en el pueblo, incluyendo al señor alcalde, don Mateo Velázquez Vizcarrondo, se enteraron y se invitaron ellos mismos. En esos tiempos, en los pueblos pequeños, las bodas eran acontecimientos públicos. La mitad de la población acudía a la ceremonia religiosa, la otra se quedaba en la plaza para ver salir de la iglesia a los novios y luego todos, invitados o no, llegaban a la recepción social.

El día acordado para celebrar el matrimonio, Rodrigo no apareció. Los rumores fueron malignos. Nada era más funesto que se dejara plantada a la novia frente al altar. Valeria, ahogada en su traje de boda blanco y de larga cola, lloró de terror. Mamá juró venganza. Pero temprano en la tarde llegó un telegrama que aclaró el asunto. A Rodrigo no le dieron permiso para ausentarse del campamento militar. La boda se pospuso para el siguiente sábado. Esta vez el alcalde acudió al gobernador americano y le aseguró que Rodrigo era un soldado leal a la bandera norteamericana y que se merecía una ayudita. «A little help», dijo don Mateo.

El gobernador Tugwell llamó al comandante de la base y así se confirmó el pase del novio. Y para que no hubiera sorpresas, desde la mañana del día, se apostaron vigías en ambas entradas del pueblo. Cuando el primer vigilante vio el carro militar y se cercioró de que adentro venía Rodrigo, gritó a todo pulmón:

¡Llegó el novio! ¡Llegó el novio!

El anuncio se repitió en el eco de todos los habitantes del poblado. El vehículo oficial con el prometido arribó a la iglesia seguido y rodeado por una multitud. Parecía una marcha victoriosa con gritos de júbilo, música de trompetas y fuegos artificiales. No hubo espacio suficiente en el templo para tanta gente. Y cuando los novios dijeron «sí acepto», la muchedumbre aplaudió con tanto estruendo que el párroco tuvo que llamar varias veces al orden en la casa del Señor.

Valeria, vestidita de blancas sedas, muselina y encajes vaporosos, parecía flotar en el espacio mágico de los encantamientos. Días después confesó a sus amigas que fue tan feliz que tuvo la inquietud cierta de que la felicidad atrae a la mala suerte. Y les dijo también, entre risas, que se la pasó con los nervios de punta y los miedos de perder por el calor el polvo, la sombra y el colorete del maquillaje y de que algún incidente, como un eructo o un viento atrevido, desconcertara el sacramento y el día memorable de su vida. De pie, ante el altar, sus ojos de dulce canela estuvieron fijos en Rodrigo para cerciorarse de que realmente estaba allí, desempeñando su juramento de entrega total. Mientras que el novio, enfundado en el traje militar de gala, mostraba su sonrisa amplia de galán de película y el porte sereno de un artillero de las fuerzas armadas estadounidense. Muy cerca, sentada en la primera fila de asientos, la madre de la novia, con su incómodo traje nuevo gris, permanecía seria e impertérrita. Exhibía a su manera la satisfacción intima de la misión cumplida y solo le pedía al Cristo crucificado y colgado sobre el altar que la ceremonia acabara pronto para salir de aquel espacio caluroso y quitarse los duros zapatos de medio tacón. Años después conto que durante la ceremonia se abstuvo de mirar al Cristo en la cruz para no toparse con ningún signo de mal agüero en ese rostro adolorido, pero que de nada le valieron sus precauciones.

La pareja recibió las bendiciones del cura y de todo el gentío. Esa misma noche, en un acto pomposo, el alcalde declaró a Rodrigo hijo adoptivo del municipio. Era tan simpático, tan apuesto y con tan bonita voz que algunas jóvenes casaderas dudaron que la novia pudiera conservarlo por mucho tiempo solo para ella.

Trece años duró el matrimonio. Fue un romance muy íntimo, entre canciones de amor, largas conversaciones en el cuarto de baño y paseos sin pausas por toda la isla.

Ella alcanzó los 32 años. Falleció en un hospital de Santurce. El sepelio fue tan concurrido como el día feliz de su boda. Esta vez no hubo aplausos, ni proclamas de alegrías, ni en los cielos nublados se encendieron coloridos fuegos artificiales. Rodrigo, acompañado por sus amigos, cantó un bolero de despedida.

## 4. Guerra en los cielos

Ocurrió una semana antes de su muerte, antes que se la llevaran grave al hospital. Ella me regañó. Era de noche y escuché a mis amigos corriendo en la calle. Jugaban a la guerra con fusiles de madera y sonidos de disparos con la boca. Salí al balcón y los vi. Le pedí que me dejara salir a jugar. Dijo que no, que ya era muy tarde. Lloré y alcé la voz.

No insistas, me dijo, no puedes salir a estas horas. ¿No ves que estoy enferma?

Estuve en el hospital el día que murió. No me dejaron entrar al cuarto de la moribunda hasta el final. Pero lo supe cuando escuché los alaridos. La tía Pilar me buscó en el pasillo y con ella entré. Me acerqué a su cama. Fue la primera vez en mi vida que vi a una persona muerta. El fin de la vida se percibe en un rostro sin color. La cara última se estira como si fuera de cera derretida. La miré durante diez largos segundos. Regresé al pasillo blanco del hospital. Busqué donde sentarme. Mi hermano Luis vino a mi lado. Dijo algo sobre la tristeza y la pena de perder a una madre, aunque fuera de crianza. Todos lloraban, menos yo. No supe hacerlo.

Pensé que murió por mi culpa y que volvería una noche a regañarme por mi indiferencia a su enfermedad. Es que no sabía.

Sin embargo, distinto a lo que decía papá que los muertos se comunican con los vivos , Valeria nunca se me apareció. Apuesto a que sabía que no podría soportarlo: verla aparecida de fantasma, vestida de blanco y enfadada conmigo, que me moriría del susto. Le cogí miedo a la oscuridad, esperando, gracias a Dios en vano, por ella.

Con la partida de Valeria, Rodrigo ya no quiso residir en la casa que compartió con ella. Resultaba muy grande y despiadada para nosotros dos. Fue bueno salir de allí. Era en un segundo piso, en la misma calle de la casa de los abuelos, con armadura de madera y techo de zinc. El piso, la escalera exterior y el balcón con balaustres eran de cemento. En la cocina había una ventana de dos hojas con vista a la finca de don Arturo y a la franja luminosa del río. La mirada se extendía, sin tropiezos, hasta las montañas brumosas de la Sierra de Luquillo.

La casa tenía plafón, ese espacio pequeño y cerrado entre el techo y los paneles del raso, que sirven para aliviar un poco el calor que producen los tejados de metal y también para esconder los cables feos de las bombillas y las lámparas colgantes. Allá arriba, en sus entrañas sombrías, vivía una pandilla de murciélagos aterradores. Algunas noches, uno salía por algún agujero del plafón y se metía dentro de la casa. Un pequeño ratón volador, que podría enredarse en los pelos de la cabeza, aleteando furioso en el interior reducido de una casa, produce un momento insoportable de pánico. Había que correr y esconderse, mientras un adulto lo sacaba o lo mataba a escobazos.

En los bajos, estaba la barbería y la casa de don Félix Escuté, mi tío abuelo. Nunca lo vi reír. Hablaba poco y te miraba con ojos pequeños desolados. Su esposa Celia era rubia y él aceptó mantenerle el hijo blanco que trajo de Nueva York. Decían que era muy diestro con las tijeras y que fue el barbero personal del gobernador Jesús Toribio Piñero. Odiaba recortarme con él. Me dejaba casi sin pelos.

Fue pues bueno y conveniente mudarnos de esa casa siniestra, invadida de murciélagos y tomada por fantasmas. Nos fuimos a vivir a un cuartito construido de emergencia al lado de la casa vieja de los abuelos. En ese nuevo espacio,, sin embargo, la cosa no fue muy distinta. Había frecuentes visitantes nocturnos, ruidos de pisadas, roces y quejidos que brotaban de las paredes de madera, sombras que se dibujaban detrás de la muselina de los mosquiteros y ojos encendidos en los rincones lúgubres de las noches. Por suerte allí estaba, siempre cerca, el abuelo. Me aseguró que los muertos son inofensivos, que se aparecen vestidos de blanco y que en sus rostros se notan sus melancolías.

Por eso hay que rezar por ellos, por la paz de sus almas solitarias, me dijo.

En esos días, acuciado por la muerte temprana de Valeria, tuve una experiencia decisiva sobre los prodigios divinos. No sabía entonces que solo se producen por la gracia caprichosa de Dios. Ocurrió en la iglesia del pueblo, en un salón en la esquina a la derecha de la nave mayor. Era la escuelita de cuido y religión de la parroquia. Siete niñas y cinco niños, en el grupo. El tema ese día era la guerra en el cielo entre ángeles y demonios. Escuchaba absorto. Muy cerca, en las capillas y bovedillas, estaban estacionados los apóstoles, la virgen María y otros santos varones. Vigilaban las ofrendas echadas en los saquillos debajo de los cirios encendidos. Con sus ojos de vidrio juzgaban a los feligreses. En la pared de arco detrás del altar, entre cortinas rojas y doradas, colgaba el Cristo crucificado. Jesús no miraba a nadie. Estaba muerto. Tenía el rostro caído sobre el pecho ensangrentado. La iglesia olía a sombras, a cera derretida y a los efluvios del incienso litúrgico. Afuera era un sábado caluroso de verano. En el interior de la iglesia, sin embargo, la atmósfera propia era de viernes Santo y de solemnes penumbras.

Había escuchado antes la historia de la guerra celestial. Esta vez no era menos cierta. Lucifer es el ángel derrotado. Por su arrogancia, fue arrojado del cielo. Primero fue un ángel de luz y belleza. San Miguel es el héroe vencedor, quien dirigió los ejércitos triunfantes de Dios. Lucifer, según el catecismo católico, perdió la batalla final por los dominios de los cielos. Su derrota no solo lo obligó a descender a los abismos de la perdición, con su legión de rebeldes, sino que además transformó su pinta de blancura pura a negro infernal.

Ese cuento bíblico debió alertarme. Si Dios no pudo evitar la guerra en su propio cielo, no podría evitar las guerras en la tierra. Pero entonces no tenía dudas. Dios, me aseguraba la iglesia, estaba libre de culpas. Nos concedió la libertad de ser malvados.

Cuando retiré mi vista de la lectura y de los dibujos en el cuaderno católico, miré al techo ovalado y descubrí maravillado el milagro. Noté que nadie más lo vio. Podría ser una señal solo para mí. Era sangre goteando de un vitral de cruz. No pude callarme. Se lo indiqué convencido a la maestra del catecismo:

Mire, miss, hay sangre en esa cruz. Allá arriba.

La instructora, joven y bonita, miró y, con una sonrisa dulce, aclaró:

No, tontito, eso es pintura.

El bochorno me perturbó para siempre. Aquel día recé para que Dios me quitara lo de tonto.

## 5. Uno nace como nace

Mi hermano Luis tenía dos casas. Los días de semana vivía con nuestra madre Catalina en el caserío, y los sábados y domingos, con los abuelos. Iba y venía como un nómada del desierto.

Mis abuelos querían a Luisito como si fuera un verdadero nieto. Lo curioso es que abuela y Catalina no se llevaban muy bien. Eso me parecía porque mi madre biológica casi nunca pasaba por la casa de la abuela. Y cuando daba la vuelta solo hablaba con papá y saludaba de lejos y sin ganas a la abuela. Yo la visitaba frecuentemente a su apartamento en el caserío. Me hacía «pancakes» a la hora que los quisiera y aunque nunca la llamé «mami» o «mamá», no tenía dudas de que lo era.

Catalina y Joaquín estaban separados. Ella vivía en el caserío público construido para, entre otros, los que vivían en una infame barriada al

Sur del pueblo, sin acueductos, alcantarillas, ni luz eléctrica. Joaquín vivía en un barrio cercano con otra señora muy linda. Rodrigo, quien tenía también una amiga a tiempo parcial, nunca más volvió a casarse, nunca dejó de ser mi padre adoptivo sin papeles y siempre fue el yerno favorito de la abuela.

Luis llegó a la casa a los cuatro años de la mano de Joaquín. Era dulce y gracioso y se dejaba querer. Lo trataron siempre como a un verdadero miembro de la familia. Era trabajador y ayudaba en la casa, mientras yo leía mis comics. Sufrieron enormemente cuando se lo llevaron para Vietnam.

Nos parecíamos en algunas cosas, porque heredamos rasgos de nuestra madre: el pelo suave y rizado y los ojos tristes y pequeños. Pero su piel era más clarita que la mía. Eso porque nuestra madre era blanca como la leche evaporada y supongo que su primer esposo era jincho también.

De eso no se hablaba mucho. Del color de la piel, digo. Y si se hablaba, era como en broma y sin darle importancia. Las diferencias de la piel se comparaban con las comidas y las bebidas. La abuela tenía el color del gandul cuando se seca; el abuelo, el de la pulpa de las guanábanas. Los demás, menos Luisito, tenemos el color del café con leche o la canela. De todos los colores, el canela o café claro era el preferido. El jincho, el menos. Esas variaciones definían nuestras ideas raciales. Pero una vez escuché a mamá exponer una reflexión de pesadumbres:

Si fuéramos blancos tendríamos mejor suerte.

Me acordé de mis lecturas sobre la igualdad de los seres humanos y me atreví a decirle mi opinión rudimentaria:

Mamá, uno nace como nace y se es como se es. Pero todos somos iguales.

Me miró con cara de paciencia. Sabía muy bien lo que aprendió en su entorno: que una cosa es el imaginario de los derechos humanos y otra cosa es la cruel realidad. Y me dijo con toda su feroz sabiduría:

¡No seas pendejo!

El tema se hizo obligado cuando vimos por televisión las imágenes crudas de los disturbios raciales en las ciudades de Estados Unidos. Vimos a los policías golpear con duras macanas y perseguir con perros rabiosos a los negros. Estos protestaban contra leyes segregacionistas. Allá eso no era asunto de bromas. Allá no se hacían festivas comparaciones vegetales. El mundo era negro o blanco, sin matices, ni tonos cordiales. Y ser blanco, según el sistema racista insinuaba, era mejor que ser negro. Fue entonces cuando los negros respondieron con motines, grandes protestas y demostraciones de cientos de miles de personas. Era el verdadero nuevo mundo. Era la década de los 60. A partir de esos conflictos, Joaquín y Rodrigo contaron por primera vez que fueron discriminados en el ejército por ser puertorriqueños y oscuritos de piel. Contaron del prejuicio racial en las fuerzas armadas y que eran tratados como soldados de segunda o tercera clase. La abuela los escuchó con ahogo y cólera. Fue entonces cuando impuso a los nietos una regla nueva:

Nunca, nunca, se metan al ejército.

Luisito concluyó por su cuenta que ese mandamiento matriarcal no le incumbía. Y me lo dijo después:

Yo quiero ser soldado como papi lo fue.
Cuando decía «papi» se refería a mi padre, porque repetía sin cesar que Joaquín era su verdadero papá.

Ya escuchaste a mamá, le dije. Hay que obedecerla.

¡Mira quién habla!, exclamó con un gesto cínico. Tú nunca le haces caso.

¡Oh sí!, chillé. Le hago caso el 99.9% de las veces.

Je, Je, se rio.

## 6. Kennedy

La década de los 60 lo transformó todo. Y creí entonces que el mundo realmente cambió el día que mataron a John F. Kennedy: el 22 de noviembre de 1963. Ahora sé que no fue necesariamente así, que los cambios no ocurren de repente, ni que los sucesos de la historia sean como los peldaños de una escalera: en perfecto y definido orden. Pero uno puede estudiar los sedimentos que se amontonan para entender los resultados y las tendencias. Aquel crimen, sin embargo, fue como el primer capítulo de otra nueva historia. Sume al asesinato de Kennedy, el de su hermano Bobby, el de Malcolm X y el del reverendo King, más la guerra de Vietnam, y verá el patrón. Ellos, los asesinos, pretendían liquidar el menor indicio de paz y cordura.
La muerte es la reina oculta del mundo, pensé abrumado.

Era como si me estuvieran cubriendo con una sabana densa y oscura. Uno se ve jalado por los sucesos terribles en todo el planeta.

Apenas llegué de la escuela prendí la tv. A esa hora exhibían películas de acción en el canal 4. La interrumpieron para informar el boletín de última hora. Kennedy fue herido de varios disparos en Dallas, Texas. Me pregunté: ¿Quién rayos es Kennedy? Media hora después confirmaron su muerte. Supe de inmediato que fue una cosa nefasta, algo que impactó al mundo entero.

Toda la familia se arremolinó frente a la tv y allí nos quedamos turbados y varados hasta la medianoche. En algún momento de aquel viernes funesto, la abuela dijo:

Bendito, hay gente con peor suerte.

Decidí buscar información. Es que no sabíamos mucho de Kennedy. Mi abuelo pensaba que el presidente era todavía Eisenhower.

Fue como un golpe que retumba para siempre, como el sonido tembloroso que dejan las campanas tras repicar con tristezas. Es que advertí que pasaron tantas cosas malas en el mundo, que medité que la muerte de Kennedy abrió la puerta de las desgracias y la mala suerte.

La vida es difícil, me dijo Rodrigo.

Leyendo durante esos días, supe cuán cerca estuvimos de un holocausto nuclear. En octubre de 1962, Kennedy exigió a la Unión Soviética que desmantelara sus misiles nucleares en Cuba. Durante trece días el mundo estuvo en vilo. Las maniobras prudentes (o los temores) de Kennedy y Khruschev vencieron las intrigas imprudentes de los militares. Hubiera sido el fin del mundo conocido. Esa vez la humanidad tuvo buena suerte.

La conciencia se me empezó a salir de los límites conocidos del pueblo pequeño.

## 7. Luisito se fue a la guerra

Un año y medio después leí y vi en las noticias el desarrollo de la guerra en Vietnam. En sus comienzos no la llamaron «guerra», sino «conflicto». Uno que exigió a medio millón de soldados americanos ir allá a morir o a matar extraños.

Cuando el ejército llamó a Luis, no opuso resistencia. Sabía sus razones. No fue tanto porque le atraía el reto de pertenecer al «U.S. Army», sino también porque se sentía culpable del accidente que tuve seis meses antes. Era como aceptar el castigo de la culpa. Y mira que muchas veces le dije que no fue su culpa. Pero no lo pude persuadir. Por otro lado, puede que mi accidente no tuvo nada que ver. Luisito siempre quiso ser militar, como Joaquín.

Todos ya sabíamos que ingresar al ejército significaba tener que ir directamente a Vietnam y allí morir.

Me obligaron, les dijo a todos.

Era casi cierto. El servicio militar era obligatorio. Pero hubiera podido evitarlo si seguía estudiando.

Cuando se fue, fuimos al aeropuerto en Isla Verde a despedirlo. Mamá se quedó en la casa. No estoy seguro, pero creo que esa fue una de las pocas veces que rezó un «Padre Nuestro». Debía saber que Dios no la escuchaba, después de tanto cagarse en su santo nombre. La mala suerte no se acaba con una simple plegaria.

La despedida fue triste. Desgarradora, puedo añadir. Él se inclinó para darme un abrazo. Intenté auparme un poco, pero no pude. Estaba en mi silla de ruedas, sin poder caminar.

De niño pensaba que mi hermano vino al mundo a fastidiarme. Si me iba con la pandilla al rio, se iba detrás a velarme. Muchas veces lo vi en las orillas de las pozas, donde las aguas eran mansas y oscuras.

Esa parte es profunda, me advertía. Ten cuidado.

¡Déjame tranquilo!, tuve que exigirle muchas veces. ¡Tú no eres mi papá!

Lo bueno era que me acompañaba a la tanda del cine en las noches. De noche, no podía ir solo al cine.

Me tomó un tiempo pensar de otra forma.

Es bueno tener un hermano que te cuide, me dijo Ángel Luis. Yo no tengo un hermano como tú.

Éramos parecidos pero diferentes. Mientras yo leía, él alzaba pesas. Mientras yo conversaba muy serio sobre las noticias del día con mis amigos, él charlaba y bromeaba con las chicas lindas del pueblo. Mientras yo veía la televisión, él ayudaba a papá en los arreglos de la casa. Mientras yo jugaba baloncesto en la cancha de la escuela, él trabajaba en un taller de mecánica. Mientras yo recibía porrazos de los muchachos grandotes, él les propinaba tremendas zurras en mi defensa.

Tenía fama de ser bueno con los puños y de buena suerte con las muchachas. Era musculoso y fuerte. Yo era flaquito.

Solo le tenía una ventaja. La opinión general era que yo era el inteligente de la familia y que él, no. Pero pienso que eso no le importaba tanto.

Tú serás, en el futuro, abogado o médico, me dijo una tarde de armonía y paz. Yo seré un héroe de guerra.

No, nada de eso, repliqué. Lo que quiero ser es cantante y escritor.

Él sonrió con cierta ternura y dijo algo que me hizo dudar de su fama injusta de bruto:

Para cantar no sirves. Pero serás escritor. Los que leen tanto están obligados a escribir sus propios libros.

## 8. Volar como un pajarito

No tuvo la culpa. Se lo dije muchas veces. Fue culpa del conductor de la ambulancia. Fue culpa de mi mala suerte.

Sucedió en el verano de 1966. En el pueblo se celebraban las fiestas patronales y las calles estaban adornadas con bombillitas blancas y guirnaldas. Por todos los caminos subían alegres la gente para ir a las fiestas en la plaza de recreo. Era temprano en la tarde.

Salí a la acera frente a casa y lo vi venir en la motocicleta. Se la prestaba el dueño del taller.

Vente, móntate. Te daré un paseo, dijo.

No podía negarme. Miré atrás. Vi a la abuela. Estaba en su sillón mecedor en el patio y pensé que no habría problemas. Luis dominaba el uso de motocicletas. Creí ver un gesto extraño en el rostro de mamá, como si intentara decirme algo. Pero no dijo nada. Quizás tuvo una premonición, una señal fugaz de las sombras de la mala suerte. Después, cuando ya era tarde, nos dijo que presintió el accidente y que estaba irritada con ella misma porque se le quedó en la boca decirnos tengan cuidado. Estaba segura de que si lo hubiera dicho, el accidente no hubiera ocurrido. Es que ciertas palabras bien dichas se convierten en conjuros de buena suerte, milagros y prodigios. Pero la mala suerte aún dominaba nuestras vidas.

Lo que pasó fue rápido. Me monté en el sillín detrás de Luis y me aferré de su cintura. El plan era ir a casa de Catalina y darle una sorpresa.

La motora rugió y partimos. En la esquina surgió de repente la ambulancia. Iba a buscar a un enfermo y eso le permitía no obedecer el PARE. El conductor no había puesto aún la sirena. Le dimos por el lado izquierdo, a la altura de la rueda delantera. Los testigos cuentan que salí volando como un pajarito.

Desperté en una cama del hospital. Mi abuela me miraba. Cuando abrí los ojos, lloró. Pregunté qué paso y por Luis. Él estaba allí cerca un poco magullado.

Estuve un día en el CDT del pueblo. Las piernas no me respondían. Me enviaron al Centro Médico, al área de traumas. Pasé allí casi dos meses. Me hicieron muchas pruebas. El médico dijo que sufrí una lesión en la columna vertebral y que tendría que recibir sesiones de terapias el resto de mi vida. Regresé a casa. Me esperaba la silla de ruedas. Mis amigos y los vecinos me recibieron con sonrisas fingidas. La mía, también. Luis me llevó en sus brazos hasta la silla. Habían preparado una fiesta de bienvenida. Todos ocultamos el sentimiento verdadero: el bochorno mudo de verme así.

Era una silla nuevecita, con asiento acojinado y de fácil manejo. Mi propio automóvil. La obtuve gracias a una colecta del vecindario y a una aportación del alcalde.

Mi hermano no sabía qué hacer. Me miraba y decía «lo siento» tantas veces que llegó a sulfurarme. Se encargó de llevarme, todas las semanas, a las terapias. Me obligaba a que intentara pararme en mis pies y caminar.

Tú puedes. Tú puedes, me repetía. No, no puedo, le respondía.

Una tarde, después de haber ido a San Juan, dijo:

Me metí al Army.

Me quedé callado. Hice un gesto de conformidad con la boca y las manos. Así. No me sorprendió. Lo sabía desde mucho antes.

Los días eran iguales. El viernes era lunes. El lunes podía ser domingo o sábado. Poco me importaba. Las mañanas eran el penoso regreso a la triste realidad. En mis sueños, caminaba. Era mejor dormir y esperar no despertar. Es que me era difícil asumir la dignidad de la resignación.

Mi vida dejó de ser lo que era. Se hizo monótona y vacía. Era un cuerpo atrapado en una silla de ruedas, o a una cama o a un sillón solitario frente a la televisión. Perdí las escapadas al río, las ramas altas de los árboles, las largas caminatas por los humedales entre palmeras y almendros que conducían a la laguna que se unía con el mar y a las esperanzas. Perdí las corridas del toro negro en la vega verde a orillas del río. Perdí la sencilla aventura de caminar con mis propios pies.

Descubrí entonces la mirada: la mirada a las cosas cercanas y lejanas. Miraba a las montañas y a sus cumbres bañadas de nubes. Miraba hacia las orillas del infinito. Miraba hacia el cielo nocturno saturado de estrellas, planetas y lunas y les preguntaba por qué esto. Miraba a las gentes caminar y a los niños correr. Miraba a las personas que me miraban. Miraba la pena en sus rostros. Miraba y miraba. No es que antes no miraba, es que ahora parecía ser todo lo que tenía.

No intenté regresar a la escuela. Entonces no había rampas, ni ayudas especiales. El director vino a mi casa y me propuso que estudiara en el hogar. Me traería los textos escolares, las asignaciones y los exámenes. Acepté, claro. Era que me estimaban en el pueblo y todos lamentaban mi situación. El nieto de doña Aleja ya tenía su nueva fama de joven incapacitado.

La abuela misma sugirió que me fuera a vivir con mi mamá Catalina. Su apartamento estaba en el primer nivel del edificio y tenía pisos pulidos de terrazo. Sería mejor para mí y para el manejo de la silla. En el nuevo hogar, Catalina se comportaba como si yo fuera el hijo pródigo, el hijo ausente que regresa. Lo resentía y le salía con malas crianzas. Era que no me gustaba que me trataran como a un inútil.

Allí iban con frecuencia los amigos. Ángel Luis, con su tabla de ajedrez; Antonio, a que leyera sus poemas y le dijera, aunque de mentiras, que eran buenos; Pepe, para compartir opiniones sobre las noticias en los periódicos y ver juntos los episodios de «Star Trek» ; y

Robertito, para hablar de cualquier cosa y de chicas. También venía a verme Luz María, la joven que me gustaba, a quien le pedí sin conseguirlo que fuera mi novia.

Eso ocurrió una tarde valiente en la escuela intermedia. Estábamos sentados en el banco de madera bajo el flamboyán florecido. Le dije que tenía algo muy importante que decirle. Es que nos pasábamos hablando. Me miró con sus ojos largos. Era muy bonita a su manera. Sus ojos parecían verdes, pero eran amarillos. Me gustaba por su risa generosa, sus cabellos negros trenzados y su forma de caminar a brinquitos.

Dime, reclamó.

Mis labios temblaron. Le pedí, al filo del desmayo, que si quería ser mi novia. Se puso seria y lo pensó mucho. El planeta dejó de girar y el sol se detuvo. Finalmente dijo:

No puedo. Es que me quiero casar con un músico.

Pude haber dicho que por ella sería cantante. Pero no dije nada. Probablemente se hubiera burlado. Me levanté del banco y me fui de su lado como un actor de telenovelas: cabizbajo y atormentado. Luego me pesó que me fuera sin proferir ni una palabra de protesta. Muchas veces no se sabe qué decir en el momento preciso. Se nos ocurren después. Esas noches se sueña que uno tiene piedras en la boca. Me preparé para la futura ocasión. Ahora, paralítico, no tendría una segunda oportunidad.

Eran buenas las visitas. Pero cuando se despedían me quedaba como en un mundo desolado por el silencio. Catalina intentaba animarme, me decía que «ya verás, pronto volverás a caminar». Una tarde, después de responderle con crueldad, la vi llorar. Creo que en ese momento me decidí a dejar de culpar a otros incluyendo a Dios de mis desgracias. Eso ocurrió un lunes. De verdad que lo intenté.

En cuanto a las terapias, mis dos padres se turnaban para llevarme a tomarlas en el Centro Médico. Eran como gimnasias de dolor y frustración. Uno de los ejercicios consistía en tratar de caminar, aferrado a barras de metal, por un trecho forrado de hule. Un enfermero me esperaba al final, mientras decía:

Muy bien, Rodriguito, muy bien.

Pero yo sabía que mentía. Luego venían los masajes y los cables de tensión en las piernas y en la espalda. Eso, una vez a la semana. Aquel enfermero o terapista se llamaba Juan. En secreto, le decía «Juanito, el torturador». Por las noches, antes de dormir, le rezaba a Dios para que me devolviera el uso de las piernas y que perdonara mis quejas y dudas. Una de esas noches, sentí el movimiento de los deditos del pie izquierdo. Pasaba si mi mente se concentraba fuertemente. Pero no se lo dije a nadie, ni a Juanito el torturador. No es que estuviera ya resignado. Es que me dio por pensar que no era tan malo lo que me pasaba. Después de cada terapia, me llevaban al cine o a comer mantecado en un restaurant de Río Piedras.

## 9. Aquí no llega la guerra

Lo mejor, lo que me causaba más alegría, eran las cartas de Luisito. Llegaban sin falta cada quince días.

En la primera, me contó del entrenamiento en Fort Jackson. Le iba bien porque estaba acostumbrado a las disciplinas, al orden y al trabajo fuerte. En otra escribió que ya sabía algunas palabras en inglés: la de los mandos y las de los insultos. En otra narró que aprendió a ensamblar, limpiar y disparar el fusil M-16.

Cada una de sus cartas terminaba de la misma forma: «Cuando regrese quiero verte caminando».

En las mías, le pedía detalles y fotos. Envió la fotografía oficial que le tomaron luego de aprobar el entrenamiento básico. Sonreía con el uniforme de gala y la gorra militar. Era la sonrisa clásica de los nuevos soldados.

Vino después a pasar las cortas vacaciones. Se le veía contento y parecía deseoso de regresar al servicio militar. Salió con muchas chicas y disfrutó de la admiración de su familia y amigos. No dijo que ya le habían asignado sus tareas de soldado de primera clase. De nuevo lo llevamos al aeropuerto.

La carta número 13 llegó desde Vietnam. «No se preocupen», escribió, «me asignaron el área de suministros y hasta aquí no llega la guerra.»

Como lo conocía muy bien, sabía que, si fuera cierto, no era una expresión de alivio sino de desazón. Su meta era llegar al frente de guerra, donde está la acción, en el lugar donde se forjan los héroes.

Todas las noches, a las 10 en punto, la familia, en ambas casas, se sentaba frente a la tv para ver las noticias de Vietnam. Cuando ponían los cortos fílmicos mirábamos atentos a ver si por casualidad Luisito aparecía retratado o diciendo algo a la cámara.

Si está en los almacenes, no lo veremos en la televisión, decía siempre papá, porque lo que ponen es a los que suben y bajan de los helicópteros.

Bueno, lo importante es que está por ahí, en algún sitio seguro, decía siempre mamá.

Por mi parte miraba a la tv sin comentarios. Ya me había cansado de explicar lo innecesario de las guerras. Nadie le hace caso a un lisiado. Joaquín apostaba a que el conflicto terminaría pronto porque los americanos tenían más soldados, mejores armas y aviones modernos de combate. Fue una apuesta perdida. Eran días y noches de ansiedad. La guerra no era una mera noticia en la tv o una desventura lejana; era también una angustia personal y familiar.

Vietnam está en Indochina, al otro lado del mundo. El gobierno de Estados Unidos afirmaba que estaba en guerra para defender a Vietnam del Sur de los comunistas del Norte. Como de todas las guerras que han ocurrido en este planeta, de ella se decía que era necesaria. Siempre se dice lo mismo: que hay que defender a la patria y protegerla de la amenaza de un enemigo terrible. Pero nada es más terrible que la guerra misma.

Si algo aprendí de los libros, es que las guerras solo producen dolor, destrucción y muertes, muchas muertes.

En Vietnam murieron millones de personas, la mayoría fueron niños, mujeres y ancianos. Entre los muertos, hubo cientos de puertorriqueños. Los muertos regresaban a sus hogares en ataúdes de metal, que no se podían abrir. Los vivos retornaban traumatizados o casi muertos.

Es una guerra entre niños, dijo una vez mi abuelo.

Entre niños pobres, añadió mamá.

Tenían razón. En la tv vimos las caras tiernas de ambos bandos.

## 10. Una caja de metal

Un día aciago llegaron los «MP» con la carta. Era la noticia de la muerte de Luis. No tenían que hacerlo, pero nos contaron lo que sabían. Fue en una emboscada. Dijeron «emboscada» con disimulo. Era una palabra prohibida por el general Westmoreland. El enemigo liquidó a toda la escuadra. Prometieron que en los próximos días llegaría el cuerpo. Tendría que prepararme para el día de su regreso en una caja de metal.

Esperamos un mes por el ataúd. De hecho, todo el pueblo esperaba por el héroe de guerra. Se decía que había capturado él solo a una patrulla enemiga. Se decía que murió porque se arrojó sobre una granada para salvar a sus compañeros. Se decían muchas cosas de su heroísmo. Se construyó en pocos días la leyenda del héroe local.

El ataúd llegó un viernes. Un viernes de lluvia tímida. Llegó con las instrucciones estrictas de que permaneciera herméticamente cerrado. A Joaquín le explicaron que solo hallaron sus desmembrados y chamuscados pedazos, que no sería muy agradable verlo así. Hubo que sedar a Catalina para que no se arrojara sobre el ataúd e intentara destaparlo. Me acerqué a la caja de metal y la abracé.

Querido hermano, dije bajito. Sentí el frio del latón.

La abuela decidió iniciar de inmediato el velatorio. Fue un evento de muchedumbres. La caja, cubierta por la bandera y rodeada de una docena de coronas de flores, se colocó en el centro del patio. Pedimos ayuda a las vecinas. Se dio café, chocolate caliente y galletas al montón de visitantes. Se rezaron letanías eternas. Se rogó a la virgen María y a su hijo Jesús por el descanso eterno del difunto. Era la segunda vez que se rezaba en nuestro patio. Miré al cielo. No vi a la luna, ni a las estrellas. Un denso manto de nubes lo ocultaba todo.

Temí que lloviera.

Esa noche sentí vibraciones en mis piernas. No había descuidado las terapias. Los dedos obedecían un poco más a mis estímulos. En la mañana me había atrevido a posar los pies en el piso y desplazarme hacia la silla de ruedas.

¡Mírame, Luisito, mírame! chillé. Es que pensaba que desde algún lugar aún seguía protegiéndome. No me asustaré si te viera, dije con plena convicción, mirando hacia una esquina en la oscuridad de mi cuarto. Hubiera querido tener el don del abuelo y ver de nuevo a Luisito, aunque estuviera vestido de blanco.

Durante el día se cubrió el féretro con un palio azul. Hubo un desfile sincero de dolientes. Permanecí largas horas en silencio al lado del ataúd. Solo murmuraba para agradecer las condolencias. En un trípode, entre ramos de flores, se exponía su retrato. Sonreía. El entierro se anunció para la mañana del siguiente día. El cementerio municipal aguardaba por los restos. Me llevaron para que inspeccionara la fosa cavada en la tierra. Reparé en el charco de agua en el fondo tosco de la sepultura. Pedí que lo secaran. Pero no era posible. El agua se colaba a través de los poros abiertos del fango rojo.

El día del sepelio fue demasiado largo. Vi muy cerca de la fosa a mi abuela afligida. Y concluí que siempre tuvo la razón. La mala suerte nos perseguía como una sombra tenaz. Lo enterraron cerca de la tumba de Valeria.

## 11. Como lo cuenta Ángel Luis

Ocurrió exactamente en la plaza de mi pueblo durante una tarde peregrina de un sábado somnoliento sin fiestas ni bodas en la iglesia , de un verano celoso de escazas sombras furtivas, de esos que ahora extraño con esa pesadumbre agridulce de las nostalgias. No recuerdo el lugar exacto en la plaza de recreo, pero de seguro fue en uno de los bancos de granito que no ocupaban diariamente los hijos blancos de las familias ricas, quienes vivían en las casonas alrededor del centro mismo del pueblo y no como nosotros que éramos del caserío más abajo, y que por sus indulgencias nos permitían sentarnos no sin sus miradas de altivos privilegios, desde el rincón sombreado de almendros que miraba hacia la casa alcaldía y el restaurante moderno de don Tomás Jiménez, quien había regresado con mucho dinero de Nueva York y compró la antigua cafetería en la mejor esquina del pueblo para montar el «Tommy's Bar & Grill» y vender, entre otras muchas delicias, sándwiches, hamburgués y batidas de leche y mantecado. Nosotros, que no éramos ricos, ni blancos, nos situábamos alejados de aquellos, en el lado que daba a la iglesia católica y a unos pasos del cine y de la botica de don Alberto, que era la única que aún conservaba en sus pretiles de caoba esos distinguidos pomos de blanca porcelana que recordaban que el pueblito ya existía con dignidad mucho antes de los tiempos muertos de los bisabuelos. Pues allí estábamos sentados, hablando de las películas cómicas de Jerry Lewis y de las novias que no teníamos porque no nos tomaban en serio o porque deseaban ser las futuras esposas de los muchachos blanquitos del otro lado de la plaza y era, sin saberlo, el último verano que pasaríamos juntos y sin serias y adustas preocupaciones, porque acabábamos de graduarnos de la escuela superior e iríamos algunos a la universidad en agosto y otros a vivir a Estados Unidos, y así, en esa charla despreocupada, alguien recordó a Luisito, quien murió en Vietnam y había sido enterrado el mes antes, durante las fiestas patronales en el cementerio viejo, en medio de la música de orquestas en el templete y los estallidos de fuegos artificiales, como si fuera, a propósito, un funeral festivo, y por eso, por esa misma casualidad de que hablábamos del muerto, lo que ocurrió poco después fue un acontecimiento tan grandioso que nos dejó perplejos a todos, incluyendo a los niños ricos que privilegiaban el lado exclusivo de la plaza y al pueblo entero.

Primero pensé que fue una torpeza de Robertito eso de mencionar al difunto sin tomar en cuenta que allí, entre nosotros, estaba de vuelta Rodrigo, el hermano menor de Luis, quien por mucho tiempo, desde el accidente, no se reunía con la pandilla, porque prefería quedarse en su casa y que no lo vieran en su silla de rueda, así que no disimulé mi enojo con Robertito y lo miré con ojos entrecerrados para que entendiera su falta de tacto y que hubiera olvidado que fui yo quien buscó a Rodriguito a su casa en el caserío y lo convenciera a duras penas de que viniera aquí con sus amigos y lo empuje toda la cuesta hasta la plaza. Debió recordar que Rodrigo perdió el uso de sus piernas cuando la motora que guiaba Luisito chocó con la ambulancia que se comió el pare y que provocó que Rodriguito que iba en el asiento trasero de la motocicleta saliera volando como un pajarito y cayera tan aparatosamente que parecía que había muerto y que eso casi volvió loco a Luisito, porque se culpaba del accidente y de la parálisis de su hermano menor, aunque todos le dijeran, incluyendo a Rodriguito, que no fue su culpa, sino la del conductor de la ambulancia. Por eso también sabíamos que Rodrigo se culpaba a su vez de la muerte de Luisito en Vietnam porque después del accidente éste se metió al ejército para expiar su culpa y no verlo todos los días en la silla de ruedas. Y no era tampoco cierto porque desde chiquito Luis quería ser soldado como su padre que estuvo en la guerra de Corea y regresó con una pierna más corta que la otra, herido de bala, y una buena pensión, y que eso era realmente lo que lo inspiró a irse de voluntario al «USA Army» a sabiendas de que podría ser enviado a Vietnam, y no por sentirse culpable de lo que le pasó a su hermano, aunque quién sabe que sí tuvo algo que ver.

Rodrigo me contó que estaba en su cuarto y escuchó golpes apenados en la puerta del apartamento, que fue un miércoles a las diez en punto de la mañana, un miércoles definido, que no era igual a ningún otro día, y que oyó murmullos de pesares y no pudo salir rápidamente del cuarto porque tardó en ponerse el pantalón, acomodarse en la silla de ruedas y salir por el angosto pasillo entre su habitación y la sala. Me dijo que lo inquietó el silencio aunque sabía que su madre ya había abierto la puerta y es que los mensajeros de las malas noticias esos oficiales vestidos de blanco se tardan, después de entregar la carta temida, como dos minutos para decir «Lo sentimos mucho, señora» y piensan que mantener esa pausa sacramental es un requisito del oficio y que cuando llegó a la sala su madre estaba tiesa, como una estatua fría y que no hablaba, ni lloraba, ni gritaba. Era como si no entendiera, como si estuviera resolviendo en su mente un enigma indescifrable y que cuando se marcharon los militares y se inundó la casa de sus amigas cercanas, estalló con un aullido agudo, un grito casi animal, que siguió con un llanto desesperado sin controles y que hubo que llevarla como si fuera un fardo grande de arroz a su cama y ponerle en la frente ardida pañitos empapados de agua de azahar. Y que él se negaba a llorar porque dudaba de la muerte de su hermano, que debía de ser un error, y que aún, un mes después, frente al ataúd de metal cerrado se resistía a creer que allí estuvieran los restos destrozados de Luisito, porque Luisito no podía haber muerto en Vietnam, que solo estaba desaparecido y que volvería muy pronto. Yo, cabizbajo, lo escuchaba sin decir nada, porque me cuesta repetir las palabras usuales del pésame y el lamento, porque Rodrigo tenía derecho a su dolor y a sus esperanzas y yo a ahorrarme las consabidas cortesías porque ambos sabíamos, por esa amistad vital que nos unía desde siempre, que no eran necesarias, ni útiles, ni apropiadas y mucho menos en su caso, que ya estaba harto de tanta pena por estar confinado en una silla de ruedas.

Lo sucedido aquella tarde del verano de 1968 se atribuye, según las ancianas devotas, al arcángel san Miguel, las que afirman religiosamente convencidas que lo vieron, a san

Miguel, digo, desde el atrio de la iglesia, detrás de Rodriguito, en todo su esplendor de guerrero astral con la espada plateada en el cinto y sus grandes y hermosas alas blancas desplegadas, y que por un instante, poco antes de los milagros, porque fueron realmente dos, lo abrigó, a Rodrigo, por supuesto, con sus alas relucientes.

Rodriguito dijo más tarde que sintió vibraciones por todo su cuerpo, como relámpagos tiernos, y que ya adivinaba lo que pasaría poquito después, que fue cuando escuchamos exclamaciones de asombro y aplausos del otro lado de la plaza, allí donde se detenían generalmente los carros públicos y vimos al lado del taxi que se detuvo, con su limpio uniforme verde oliva, a Luisito, vivo y sonriente, saludando a todos los que lo creían muerto y enterrado, y le dijeron «Mira, allá está tu hermano» y corrió hacia donde estábamos nosotros, y se detuvo a cinco metros del hermano y le dijo:

¡Mírame! ¡Estoy vivo! Cometieron un error, y fue como decirle también «Levántate y anda», porque así fue. Rodrigo exclamó ¡Lo sabía! y se irguió y caminó directamente hacia su hermano resucitado y lo abrazó y lo besó, y todos, incluyendo a los niños rico, supimos en ese instante que había que cruzar la calle y entrar en tropel a la iglesia, agradecidos y conmovidos por los dos milagros. Sí, así ocurrió aquel verano maravilloso y las celebraciones de júbilo continuaron durante cuatro semanas, con fuegos artificiales y ordenanzas municipales, hasta que Luis tuvo que regresar a Vietnam para completar el término del contrato de reclutamiento.

## 12. En Vietnam, cada noche

Llegué al aeropuerto de Saigón en un enorme avión militar, incómodo y tembloroso. Sentí de inmediato el calor de un sol sin misericordia. La humedad se me sale por los poros. Nos llevaron en camiones a la base de Tan Son Nhut. Siento un aire distinto. La base tiene su propia atmósfera. Los que llevan más tiempo me miran llegar con cierta indulgencia fraternal. Hacen apuestas secretas sobre mí suerte. Hay dos clases de soldados: los que mueren y los que no mueren. Tres días después me asignaron a una compañía de combate. Por el momento parece que estoy en un campamento de verano. Las comidas son buenas. A lo lejos se escuchan inofensivos los truenos de los morteros. La base está protegida en sus cuatros costados. Me siento seguro. A los cuatro días tuve la primera tarea de soldado en guerra. Salí con la patrulla a la jungla. Portaba un rifle M-16. Caminaba chapoteando bajo las lluvias testarudas del monzón.

Cuando escampa, se desatan los asaltos voraces de los mosquitos. Escuché los chillidos de las aves del paraíso. Pronto advertí que estoy en una guerra, que debo estar alerta, que no debo olvidar lo que aprendí en el entrenamiento básico. Hay algo que acecha. El sargento Stone señala con el dedo hacia un punto en la selva. No sé aún lo que pasa, ni qué hacer. Debo controlarme. Esconder el miedo. Estoy, sin saberlo, en la mirilla de un francotirador. Pasé muy cerca de una trampa explosiva apenas escondida a flor de tierra. Escuché disparos. Son los AK47, los rifles rusos que usa el Vietcong. No sé de dónde vienen. A mi lado cayó herido un compañero de patrulla y tras él, otro y otro más. Me lancé al suelo. Llaman a los helicópteros. Hay que salir de allí de prisa. Pero antes debía ayudar a subir al helicóptero a los heridos. Regresé aturdido a la base. Esta vez salí ileso. Experimenté la desazón intima de un consuelo privado y perverso.

You did fine, Louis, me dijo el sargento.

En los días libres, voy a las calles congestionadas y a los bares humeantes de Saigón. Observo las miradas indefinidas de los nativos. Qué miran tanto, me pregunto. Soy un simple soldado. Solo cumplo órdenes. Me dijeron en la base cómo interactuar y cuáles lugares evitar. La guerra está también aquí. No te confíes. Niños y adultos desamparados me piden un dólar y chocolates. Me preguntaba por qué asocian al soldado americano con el chocolate. Una joven mujer me sugiere que la acompañe a su cuarto. Estoy en un paraíso invertido en el centro del infierno. Me confieso que es una experiencia única, que debo pasarla lo mejor que pueda y que, al fin y al cabo, pase lo que pase, no es mi culpa.

Prefiero la seguridad fortificada de la base. Conozco allí a otros boricuas. Bebemos cervezas frías y nos hartamos de costillas de cerdo a la BBQ. El sargento Stone, hijo robusto de agricultores de Kansas, me trata bien. En el campamento hay, entre todos, como un trato de amable y cordial solidaridad. Más vale. Esta guerra es diferente a otras, me parece. Negros, blancos y latinos mestizos compartimos la misma suerte, ansiedades y temores, más el deseo grande de regresar pronto a casa. Aquí se reduce o se oculta el discrimen racial. Menos el enemigo, todos somos iguales. Solo aquí. (El detalle de que todos o casi todos los oficiales de alto rango son blancos puede ser, por el momento, soslayado). Al enemigo, por supuesto, hay que odiarlo y matarlo. Eso da sentido a la obligación de estar en este juego peligroso de niños grandes y feroces.

Me ordenaron salir a patrullar lejos de la base. Nos llevan en helicópteros a un sector por donde creen que se infiltran los guerrilleros hacia el lado norte. Cerca, en la llanura, hay arrozales y una aldea desolada. Nos rodean selvas y montañas.

El sargento me pide a mí y a cinco más que lo acompañen. Primero nos advierte que lo que veremos no puede contarse a nadie, ni escribirse en cartas. Es un asunto de seguridad nacional. Llegamos hasta la villa de campesinos y me asalta un olor a sangre y a mierda frescas. Conozco el tufo. Lo respiras en los mataderos de reses y cerdos. La tarea es ayudar a tapar una enorme fosa. Apiñados y retorcidos, veo en el fondo los cadáveres. No son combatientes del Vietcong. Son ancianos, mujeres y niños. El hoyo profundo apenas contiene los cuerpos acribillados, arrojados de prisa y sin consideraciones. Sobre los muertos reposa un vapor estancado. No pude contenerme. Vomité el desayuno. Eso provoco risotadas. Una docena de marines custodia el perímetro. Son distintos. Pertenecen a una elite, a un grupo especial adiestrados en las artes de la guerra y la muerte. Me observaban. Calculan y miden mi lealtad. Uno de ellos, el que carcajeó, fornido y recio, me miró desafiante, me guiña y con la mano cruzó despacio su blanca garganta. El oficial a cargo, de enorme estatura y escazas hebras rubias en su cabezota destapada, le lanzó una seña de reprobación. El marine gruñó y sonrió a la vez. El coronel, a quien no conozco, vino hacia mí y llama a los que llegaron conmigo. Nos explicó el escenario. Establece lo que procede. Su voz era segura y pausada. Sabe lo que hay que hacer. Fue que se resistieron. No respondieron a las órdenes que les dimos. Escondían a los guerrilleros y a sus armas. Les daban de comer y amparo. Reiteró las advertencias que nos adelantó el sargento. Debo aceptar sin reparos lo que me ordenan. No contarlo, ni escribirlo. Sería traición. Con la ayuda de una pala mecánica, que trajo un helicóptero, se cubrieron con tierra, piedras y arena los despojos. Poco antes ayudé a lanzar, con palas, cal sobre los muertos. No pregunté por qué, de qué sirve. Desempeño las instrucciones. Después me ordenan que disperse a las vacas y a los bueyes por la selva y mate a los perros. Pregunté por qué hay que matar a los perros. Es que escarban y desentierran en pedazos a los cuerpos, me dijeron. Todo tiene que desaparecer. Hay que concluir que nunca existieron o que abandonaron la aldea. Pero si algún periodista pregunta con sospechas, el alto mando dirá la versión oficial: fueron masacrados por los comunistas del Vietcong. Y eso si descubren la fosa común o haya un soplón.

Temprano en la tarde regresamos a la base. El sargento me aconsejó que descanse y coma bien. Había «steaks» y mantecado. En la barraca me libré del uniforme maloliente. Olía a humo y a desechos. Bajo la ducha, me fregué el cuero como si quisiera mudar de piel. Sentí un malestar indeciso. Vestido de limpio, fui a cenar sin apetito. Busqué asiento en una mesa apartada. No tenía deseos de hablar. Al rato, lo vi venir. Era el marine que se burló de mí. Sin el uniforme, muestra su cara infantil y limpia de jugador de fútbol. Es joven. Tiene el cráneo rapado, está rasurado y huele a agua de colonia. Parece otro, sin la catadura amenazante de esta mañana. Colocó a mi lado su bandeja y se sentó sin pedir permiso. Olfateó el «steaks» en su plato y aspiró satisfecho. Me miró y exhibió en su boca algo parecido a una sonrisa.

No fue planeado, susurró, acercando sus labios a mi oído.

Miró a su alrededor para cerciorarse de que nadie lo escuchaba.

El viejo me amenazó con un machete. Le dije que no se aproximara. Pero siguió avanzando y gritándome maldiciones. Las conozco. Hablo un poco sus jerigonzas. Ya estaba muy cerca. Le disparé. Entonces vino esa mujer no sé de dónde y se lanzó sobre mí como si fuera una fiera. Mike me la quitó de encima, la tiró a la tierra y le dio un balazo. Entonces toda la villa se enfureció. Parecían demonios. Primero disparamos al aire. Pero no se detuvieron. Y ya no fue posible detenernos. Fuimos por todos. Entramos a sus chozas. Cazamos a los que intentaron huir a la selva Era necesario. Debes entender…Debes…

Calló. Tomó su tiempo. Observa el plato aún humeante. Se llevó a la boca un gran pedazo de carne. Masticó con gusto y volvió a mirarme. Vi algo en sus ojos grises que no pude descifrar.

«¿Qué quieres de mi?» pensé preguntarle, pero permanecí callado. De nada vale.

Esto es la guerra, soldado, concluyó el marine.

Dejé de comer. Le dije en murmullos que no me sentía bien. Llegué a tiempo. Vomité trocitos de carne, bilis y lágrimas. Mi senté en el piso, al lado del inodoro, salpicado de ascos. Soy un cobarde, me dije. Hipé un rato, avergonzado. Esa noche soñé con niños destripados.

Una semana después, luego de una breve estadía en la enfermería, regresé a la zona donde estuvo la aldea. La villa fue eliminada totalmente de todos los mapas. Construyeron veinte bunkers rodeados con sacos de arena, cuatro torres de observación, tres barracas y una pista de cemento para los helicópteros.

En el aire retumba el estrépito de los disparos gruesos de la artillería pesada. Venteé el humo del napalm. Los jets Phantom F4 arrojaban sus bombas de fuego sobre los densos bosques. Es bueno estar lejos del incendio provocado. Oi el bramido metálico de los helicópteros. Son pájaros gigantes de acero. Aterrizan para buscar su carga de muertos y heridos. La sangre reverberaba por todas partes.

Dormí un poco. Mi turno de guardia era a las tres de la mañana. No dejaba de pensar en aquella fosa. Cuerpos amontonados. Algunos pudieron estar aún vivos. La cal los cubrió de blanco. Vestidos de blanco. Toneladas de arena, tierra y piedras sobre ellos. Cuerpos retorcidos. Mujeres y niños. Ay, Dios. Parecía que estaban abrazados, formando un ovillo trenzado de piernas, cabezas y manos, entre la sangre y el fango. Mujeres, ancianos y niños. Se me quedó el gemido del lamento. A las cuatro de la mañana miré al cielo. La luna me extendió su blanca mano. Me invita a ir con ella. No puedo, le dije. Observo a las estrellas chispear su eternidad. El silencio era un instante tímido de paz. Aquí abajo, hay una tumba enorme, ocultada. Los insectos y los gusanos devoran las venas de la tierra y las vísceras de los muertos.

Finalmente, tras intentar evitarlo, llegué a una terrible conclusión:

Esta guerra es sucia, sucia, sucia. Y en las guerras sucias no hay oportunidad para el heroísmo.

Escuché un silbido y vi una estela de fuego en el cielo que venía hacia mí. Me lancé de cabeza en el refugio del bunker. La explosión fue una sacudida ruda, como un empujón brutal. Escuché estallidos seguidos. Venían a matarnos. Era la furia de Dios. El suelo se estremeció. Se devolvió el fuego. La ametralladora M-60, que ayudé a montar, era una regadera de proyectiles hirvientes. Apunté con mi rifle al enemigo invisible. Disparé a las sombras que se insinuaban entre los árboles. Estaban muy cerca y en todos los lugares. Esta gente sabía lo que quiere. Sus manos no están manchadas de sangre inocente. Es cierto. Solo ellos pueden ser héroes. Lo nuestro era una desventura. Ya ni siquiera es posible compararlo con el infierno. Es peor.

Escuché ruido loco de disparos, de truenos y de pájaros. Entonces sentí el golpe en el estómago. Era una bala o un fragmento de las aristas del explosivo que lanzó un mortero. La sangre me cubrió completo. Intento levantarme, pero no puedo, y llamo a gritos a un médico.

Despierto gritando veinte años después de la guerra. Es la pesadilla de todas mis noches.

Rodeado de fantasmas, espero morir otra vez.

## 13. Cincuenta años después

Después del reencuentro con mi hermano, recuerdo que caminé y bailé. Al otro día desperté adolorido. Mi doctor confirmó el milagro. Usé muletas durante un mes y bastón por un año. No dejé de caminar después, erguido, en todas las marchas y manifestaciones contra la guerra y el servicio militar obligatorio.

Luis disfrutó durante treinta días del recibimiento desenfrenado del pueblo. Acudió a todas las fiestas y besó a todas las chicas. Pero tuvo que volver a Vietnam. Esta vez sin buena suerte.

Seis meses después regresó con trastornos mentales y la cicatriz fresca de una herida limpia en una esquina de la barriga. La bala lo atravesó sin daños graves. Estuvo dos meses en el área de siquiatría de un hospital militar. Lo atiborraron de pastillas y calmantes.

Luego le concedieron una pensión vitalicia. No supimos qué le pasó. No contestaba preguntas. Si hablaba era para pedir de comer o de beber o para decir que tenía sueño. El diagnóstico oficial fue el de grave desorden postraumático. Se metió dentro de su propia coraza. En un momento breve de lucidez, se casó con una amiga de la infancia. La abuela, que había recuperado su sentimiento trágico de la vida, murmuró que Margot se casó con el inútil de Luis por su graciosa pensión. No tuvieron hijos. Mi triste hermano aumentó tanto de peso que apenas podía caminar. Ahora, a los 72 años, se la pasa sentado en el balcón de su casa. En algunas ocasiones llega sofocado hasta la plaza desierta, se acomoda solitario en un banco apartado y permanece allí durante horas. Los viejos amigos, de lejos, lo saludan, lamentan su aire de hermetismo y luego comentan, entre ellos y a los que preguntan, que ese fue el héroe que volvió vivo después que lo confirmaron muerto, que lo enterraron en una caja de metal y que causó un tumulto cuando regreso vivo un mes después.

Mis abuelos fallecieron nonagenarios. A mamá le creció tanto el corazón que se le salió del cerco de su pecho. El abuelo murió sin saber quién era y con ataques de pánico. No reconocía a los espíritus benignos que fueron a buscarlo. Rodrigo murió a los 59 años, sin perder la voz y su fina estampa de tenorio valentino. Joaquín y Catalina expiraron en la temprana ancianidad de cáncer y del corazón, respectivamente. Despedí conmovido sus duelos. Además de Luis, quedan, de la vieja familia, la tía Pilar, dos tíos y una prima que heredó la clarividencia del abuelo. El solar de la casa vieja fue expropiado por el gobierno municipal y allí construyeron apartamentos sin gracias arquitectónicas para familias de medianos ingresos.

No me casé con Luz María. Mientras estudiaba en la escuela de Leyes, conocí a Inés. Le confesé después que lo primero que me atrajo fue su andadura rítmica de paso fino y la cabellera suelta y rizada. Descubrí después, escrudiñando los eventos que nos unieron, que el universo entero se fabricó para que se diera nuestro encuentro. Nos casamos lejos de mi pueblo. Los hijos comparten el repudio a las guerras y al militarismo. Pero no sacaron mi adicción a la lectura. Solo leen con entusiasmo mis novelas y cuentos de misterio y fantasía.

Una o dos veces al mes voy a visitarlo. Con su pensión, pudo comprar un cómodo chalé en la urbanización moderna construida entre el viejo parque de pelota y el río.

La última vez que fui a su casa estaba, como acostumbra, sentado o casi postrado en un sillón en el balcón. Lo hallé en su habitual espacio de lejanías. En la mano derecha, descansada en la panza, sostenía una cerveza. Las latas vacías yacían bien puestas en el piso de lozas italianas. Margot salió a recibirme. Abrumada, me dijo:

Ha estado ahí toda la mañana sin decir palabras.

¿Luis? Lo llamé y toqué su brazo.

Me miró y sonrió. Me ofreció una cerveza.

Me sentí bienvenido. Busqué una silla para sentarme a su lado y compartir por un rato su callada soledad. Esta vez, sin embargo, me habló.

Los engañé a todos, murmuró de pronto sin dejar de mirarme.

Vi una chispa de misterio en sus ojos.

¿Qué? No te entiendo.

Ladeó la cabeza y tomó un sorbo largo de cerveza. Eructó complacido. Se acomodó el enorme abdomen. No tenía urgencias.

Margot y yo nos miramos. Me inquieté. Supuse que por fin hablaría, que me contaría de sus experiencias amargas en Vietnam, de lo que particularmente perturbó su mente, que me confesaría a mí, a su hermano, de sus motivos para no hablar de su paso por la guerra. Tras un duro silencio, expresó:

¿Quieres saber la verdad? ¿Ah?, preguntó con toda su pesada humanidad. ¿Toda la verdad y nada más que la verdad, señor licenciado?

Sí, claro que sí, contesté entusiasmado.

¿Recuerdas aquella tarde? Continuó con su juego.

Claro, hombre. Todos la recuerdan, afirmé. Es parte de nuestra historia familiar. Y de todo el pueblo.

Retomó el silencio. Se empinó la lata y después la puso, despacio y en el orden correspondiente, en el piso reluciente. Miró a lo lejos. Volvió a ladear la cabeza. Cerró los ojos. Los abrió. Miró hacia los árboles en su jardín. Seguí su mirada para ver qué rayos era lo que había en los arboles. Respiré y me pedí tener paciencia.

¿Oyes a los pajaritos? preguntó estúpidamente.

No pude contenerme. Le grite:

¡Al diablo con los pajaritos! ¡Háblame, carajo!

Giró despacio su rostro hacia mí para decir:

Pues, esta es la verdad, hermanito, hermanito de madre. Escucha.

Luego de otra irritante pausa, dijo:

Realmente me mataron en Vietnam. Estoy muerto. Aquella tarde regresó un fantasma. Nadie, ni tú, se dieron de cuenta.

Me quedé perplejo por algunos segundos. Lo miré intensamente. Confieso que me sorprendió esa salida de una mente quebrantada. No supe descifrar la mueca que vi en su boca, ni el espejo oblicuo de su mirada. Decidí meterme en su aparente juego.

Je, je, reí como él antes reía.

Deberías escribir eso. Sería una buena historia, sugerí.

Escríbela tú, replicó con su sonrisa extraña. El escritor eres tú.

Me harte de su juego y respondí molesto:

Si, escribiré tu historia. Pero te advierto algo.

¿Qué?

Que solo se muere dos veces.

Fin

Made in the USA
Columbia, SC
10 December 2020